PANÉGYRIQUE

DE

GERMAIN D'AUXERRE

PRÊCHÉ

A SAINT GERMAIN L'AUXERROIS

A PARIS

Le Dimanche 4 Août 1861

PAR M. L'ABBÉ THOMAS

MISSIONNAIRE APOSTOLIQUE, AUMONIER DE L'HOPITAL CIVIL DE VERSAILLES

SE VEND

Au profit de l'hôpital de l'Assomption à Élancourt, près Versailles.

VERSAILLES

BEAU JEUNE, IMPRIMEUR-LIBRAIRE

36, RUE DE L'ORANGERIE, 36.

1861

PANÉGYRIQUE

DE

S^T GERMAIN D'AUXERRE

PRÊCHÉ

A SAINT-GERMAIN L'AUXERROIS

A PARIS

Le Dimanche 4 Août 1861,

Par M. l'Abbé THOMAS

MISSIONNAIRE APOSTOLIQUE, AUMONIER DE L'HOPITAL CIVIL DE VERSAILLES.

SE VEND

Au profit de l'Orphelinat de l'Assomption à Élancourt, près Versailles.

VERSAILLES

BEAU JEUNE, IMPRIMEUR-LIBRAIRE

36, RUE DE L'ORANGERIE, 36.

—

1861

AU R· P. ÉTIENNE

SUPÉRIEUR GÉNÉRAL DE LA CONGRÉGATION DE LA MISSION

ET DE L'INSTITUT DES FILLES DE LA CHARITÉ,

PROTECTEUR GÉNÉREUX ET DÉVOUÉ

DE

L'ORPHELINAT DE L'ASSOMPTION

A ÉLANCOURT.

Son très-humble et très-obéissant
serviteur en N. S. J. C.

ALEX. THOMAS,

Missionnaire apostolique,
Aumônier de l'Hôpital civil de Versailles.

VERSAILLES. — IMPRIMERIE DE BEAU J⁰ᵉ, RUE DE L'ORANGERIE, 36.

MES FRÈRES,

Cette belle Eglise que saint Paul appelle *la colonne de la vérité ; quæ est Ecclesia Dei vivi, columna veritatis* (*I. Tim.*, cap III, v. 15), cette belle Église catholique présente à l'admiration du monde, un Episcopat brillant des plus sublimes vertus, fort des dons du génie et grandissant chaque jour depuis dix-huit siècles, au milieu des plus glorieux sacrifices. Chaque âge suivant le cours variable des événements ou des passions des hommes, montre l'Episcopat catholique fidèle à la grandeur de sa mission sur la terre et conduisant avec autant de prudence que de fermeté dans les voies spacieuses de la civilisation chrétienne, les peuples soumis à son paternel empire. Tel est l'Episcopat depuis dix-huit cents ans.

Toutefois au quatrième et au cinquième siècle, l'Épiscopat semble investi par la divine Providence, d'une force, d'une autorité, d'une puissance dont le brillant éclat n'a pas encore pu pâlir. Ah ! c'est que la vie d'un Évêque, à cette époque critique du monde, embrassait tous les devoirs et toutes les fonctions de la vie civile et religieuse. Un évêque, dit un illustre apologiste, baptisait, confessait, prêchait, ordonnait les pénitences privées ou publiques, lançait des anathèmes ou levait des excommunications, visitait les malades, assistait les mourants, enterrait les morts, rachetait les captifs, nourrissait les pauvres, les veuves, les orphelins, fondait des hospices et des maladreries ; un évêque administrait les biens de son clergé, prononçait comme juge de paix dans les causes particulières, ou arbitrait des différends entre les villes : il publiait en même temps des traités de morale, de discipline, de théologie, écrivait contre les hérésiarques et les philosophes, s'occupait de science et d'histoire, dictait des lettres pour les personnes qui le consultaient dans l'une et l'autre religion, correspondait avec les Eglises et les évêques, les moines et les ermites, siégeait à des conciles et à des synodes, était appelé aux conseils des empereurs, chargé de négociations, envoyé à des usurpateurs ou à des princes barbares pour les désarmer ou les contenir ; les trois pouvoirs, religieux, politique et philosophique, s'étaient concentrés dans l'évêque.

Tel fut, par exemple, saint Ambroise, tour à tour ambassadeur auprès de l'empereur Maxime, pontife sévère et gardien respecté du sanctuaire en face de Théodose souillé du sang versé à Thessalonique, avocat heureux quand il réclame les cendres de Gratien, et admirable de courage quand il refuse de communiquer avec Eugène. Et au milieu d'occupations si nombreuses et si multipliées, il compose tous les ouvrages qui nous sont restés, introduit la musique dans les Eglises d'Occident, laisse des chants si renommés que son nom devient synonyme des hymnes sacrés.

Tel fut, j'ai hâte de le dire, saint Germain d'Auxerre. Sa gloire, même après tant de siècles et la perte irréparable de ses écrits, n'est point effacée par les noms immortels qui l'entourent : les Jérôme, les Augustin, les Chrysostome et les Léon le Grand. Vous verrez, mes frères, dans sa vie que vous allez entendre, que Germain, évêque d'Auxerre, par son éloquence, sa sainteté, ses miracles, son courage et sa puissance, est vraiment un des leurs. Oui, ce magnanime pontife est du nombre de ces grands évêques, qu'un illustre historien de nos jours n'a pas craint d'appeler *les fondateurs du royaume de France.*

Implorons les lumières de l'Esprit-Saint, par la puissante et maternelle intercession de Notre-Dame Reine du clergé. *Ave Maria.*

]

L'influence de saint Germain d'Auxerre sur son siècle et sa patrie, fut décisive et victorieuse. Mais quel était l'état du monde à cette époque? Quels dangers menaçaient le Catholicisme et la civilisation dont il s'était montré dès le commencement, le divin instituteur et le guide éclairé? Quels obstacles se dressaient en face du mouvement généreux imprimé aux peuples par la prédication du saint Evangile? C'est, mes frères, ce qu'il importe d'indiquer, pour apprécier, comme il le mérite, le génie de saint Germain d'Auxerre.

Au cinquième siècle, c'est en Occident que vont se décider les destinées prochaines des nations promises par la divine Providence aux conquêtes pacifiques de la Croix. Deux civilisations sont en présence : le paganisme et le Christianisme. Malgré les victoires et l'heureuse expansion de la doctrine

évangélique, même après quatre siècles de mar-
tyres, de combats et de prédications, le paganisme
est encore debout. Vainement, depuis soixante ans,
Constance avait donné ses édits renouvelés depuis
par l'empereur Théodose, Honorius trouve à Rome,
en 404, les sanctuaires fréquentés de Jupiter, de
Minerve et de la Concorde. Ils couronnent le Capi-
tole et semblent commander encore à ceux qui,
des points les plus éloignés de cette vaste campa-
gne de Rome, les saluent de loin avec amour et
les interrogent avec une espérance tellement in-
vincible que les événements contraires n'ont pas
encore pu la démentir.

Hélas ! la chair et le sang soutenaient une lutte
désespérée contre les décrets impériaux, dont l'impuissance ne faisait qu'irriter davantage les passions qu'ils voulaient soumettre. Oui, après ces
quatre siècles illustrés par la mort héroïque de tant
de chrétiens, éclairés par les écrits des docteurs et
des apologistes, fortifiés par les confesseurs de tout
rang, de toute langue et de toute nation, le plus
grand nombre croyaient encore honorer la vie et
la mort : la première, dans les œuvres honteuses de
la prostitution, la seconde, par le sang des sacrifices humains. Le paganisme non-seulement est vi-
vant, fort et puissant, mais il semble encore sur
le point de sortir victorieux du grand combat qui

lui est livré par la religion chrétienne, et à la veille de reprendre le sceptre dominateur. En effet, dans la ville d'Alexandrie, ce sanctuaire de la science et de la philosophie, les écrivains polythéistes, par le nombre de leurs prodigieux travaux, par la subtilité et la hardiesse d'un esprit fertile en ressources et rendu plus fort par l'audace, ces écrivains à la parole enflammée, à la plume infatigable, ne font que prêter des charmes nouveaux aux institutions vieillies du paganisme, et, en la flattant, exaltent les espérances de l'aristocratie des intelligences. Puis l'hérésie d'Arius qui se réfugie dans les rangs désordonnés de la barbarie et s'apprête à prendre sur les évêques qui l'ont terrassée, une dernière et sanglante revanche. L'hérésie de Pélage, enfin, qui renouvelle auprès des enfants de l'Eglise, la grande tentation de l'orgueil qui séduisit nos premiers parents au jardin d'Eden ; voilà, mes frères, où en était le monde chrétien 400 ans après son établissement divin. Donc d'un côté, les doctrines de la Perse et de l'Inde réveillées par les derniers tenants du polythéisme ; de l'autre Arius et Pélage qui présentent leurs sacriléges négations à la pointe du glaive porté par les barbares. Ah ! si la divine Providence ne suscite des hommes de sa droite, c'en est fait du règne sacré de l'Eglise, et sa vie, on peut le dire, sera cruellement étouffée dès son berceau.

Ajoutez encore, comme l'horrible couronnement
de ce monstrueux édifice, ce principe farouche et
si fatal à la liberté humaine, de l'apothéose de
l'État : le pouvoir public élevé à l'infaillibilité divine, l'empereur placé au-dessus des lois et faisant plier au gré de son caprice et de ses passions,
les cœurs enchaînés, les consciences muettes ou
serviles.

Eh bien ! Dieu va se montrer aussi grand dans
la défense de son Église, qu'il a fait éclater sa puissance et son amour dans son mystérieux établissement par la vertu de la Croix, par les souffrances
et le sang de son Fils, *le Verbe fait chair.* L'Église
obéissant à sa voix, commence le grand rôle de la
résistance, en prêchant la liberté, cette fille du Ciel
donnée aux hommes par N. S. J.-C. lui-même.
Aux duretés et à l'arbitraire du code civil elle oppose le droit des gens; elle substitue aux prescrip-
tions des Douze-Tables, les édits les plus larges et
les plus humains. C'est elle qui inspire les Valen-
tinien III et les Théodose et place sur leurs lèvres
cette belle parole : *le prince est lié par les lois.*
En même temps, elle fait décréter par les princes
l'émancipation de la femme, la peine de mort contre le père meurtrier de son fils et contre le maître
qui frappe son esclave ; grandes et salutaires réfor-
mes qui vont survivre à la chute de l'Empire, péné-

treront chez les barbares pour les subjuguer peu à peu, sans violence, et commanderont plus tard à notre immortel Bossuet ce magnifique éloge : *le bon sens qui est le maître de la vie humaine règne partout dans ces lois inspirées par l'Eglise, et jamais on ne vit une plus belle application de l'équité naturelle.*

Admirez maintenant, mes frères, le concours providentiel de ces grands évêques dont la gloire remplit ces deux siècles du christianisme : le quatrième, illustré par les Ambroise, les Jérôme et les Chrysostome ; le cinquième, retentissant des voix pathétiques de ces Pères de l'Eglise et ralliant sous les étendards du Christ, les Augustin, les Germain d'Auxerre, saint Loup de Troyes, saint Aignan d'Orléans, saint Hilaire d'Arles et le pape saint Léon le Grand. L'attaque est universelle, je le sais ; eh bien ! la défense sera partout, et la victoire, infidèle cette fois aux gros bataillons, suivra la marche triomphante de ces quelques élus de Dieu. Le monde, oui, sans doute, penche vers sa ruine ; rassurez-vous, l'Episcopat, de sa main consacrée par la puissance éternelle, suffira pour le soutenir, pour le sauver.

J'ai nommé saint Augustin : c'est lui surtout que la divine Providence a visiblement prédestiné au

salut des âmes. Voyez comme sa vie est brillante
et courageuse dans les deux parts qui se la parta-
gent après sa conversion. D'abord, c'est un combat
à outrance suivi d'une victoire décisive sur les Ma-
nichéens et les derniers défenseurs du paganisme ;
puis, c'est la lutte gigantesque qu'il soutient contre
Arius et Pélage ; car, à cette heure, l'arianisme entre
en vainqueur par toutes les brèches faites à l'Empire, avec les Goths, les Vandales et les Lombards.
Ah ! l'histoire de ces temps héroïques l'atteste, si saint
Augustin n'avait pas veillé sur tout, comment les
évêques, comment les Germain d'Auxerre auraient-
ils eu le loisir d'étudier, à la lueur des incendies, les
questions récemment débattues et fixées au concile
de Nicée? Oui, disons-le avec l'accent sincère d'une
religieuse admiration , Augustin a vaincu sous
le drapeau sacré de l'Evangile et de la vérité, pour
le présent et pour l'avenir ! C'est lui que l'Eglise
oppose avec confiance aux ariens démasqués autrefois par Athanase ; c'est lui que l'Eglise opposera
plus tard, sous l'immortel Innocent III, aux Albi-
geois qui doivent, dans une guerre fratricide, en-
sanglanter le Midi de la France; c'est lui que
l'Eglise de nos jours oppose, avec la même confiance, aux adorateurs serviles de la force et du
despotisme. Ah ! l'Eglise qui façonne le monde à
sa divine image semble, au cinquième siècle, bien

près de couronner ce grand et magnifique ouvrage; voyez, mes frères, et admirez.

La Papauté, dont la suprématie d'honneur et de juridiction a été reconnue dès Irénée, dès Tertullien, préside au concile de Nicée et au concile de Sardique; elle y définit son droit publiquement proclamé de juger les évêques. Le grand saint Léon, au concile de Chalcédoine, pacifie l'Orient et triomphe successivement des doctrines hérétiques de Nestorius et d'Eutychès; sa présence arrête aux portes de Rome le farouche Genséric, et au passage du Mincio, le cruel Attila.

Vers le même temps, commencent à se développer les institutions monastiques tant popularisées par les récits de saint Athanase, de saint Jérôme et de Cassien. Un siècle plus tard, sous la direction de Benoît, elles apporteront pour longtemps aux progrès de la civilisation chrétienne, un concours qui fera éclater aux yeux de tous leur prééminence dans les lettres, les sciences et les travaux si utiles de l'agriculture.

Tandis que saint Ambroise trace les règles de la prédication, développées plus tard par la plume autorisée de saint Augustin, Pierre Chrysologue, Gaudentius de Brescia, Maxime de Turin rendent populaires et accessibles à tous les connaissances des vérités divines, les touchants enseignements de la

morale la plus pure. Alors, le prêtre Salvien justi-
fie le gouvernement de la Providence. Ses cris for-
midables sont entendus sur tous les points de l'Empire. Sa vive éloquence célèbre les funérailles de
ce monde romain qui expire dans l'orgie, et se dé-
bat sous la main divine *qui le traite par le fer et le
feu et ne réussit pas à le guérir*. Saint Augustin,
Paul Orose prennent rang parmi les historiens; saint
Paulin de Nole, l'espagnol Prudence ajoutent à de
si hauts enseignements le charme et le prestige
de la poésie.

Dirai-je maintenant la suite des événements qui
ont précédé, accompagné et suivi la vie de saint Germain d'Auxerre? Le passé et l'avenir qui forment le
cadre imposant dans lequel se détache en relief la
grande figure du saint évêque, achèveront de donner à cette époque la lumière que nous désirons y
répandre, pour mieux faire comprendre et apprécier l'action puissante de notre illustre Patron sur
son siècle et sur les progrès futurs de la civilisation chrétienne dans les Gaules. Car, il ne faut pas
l'oublier, ces deux siècles appartiennent aux grands
évêques, et la fête de saint Germain d'Auxerre rappelle à nos âmes la fête de l'Episcopat tout entier.

D'abord, c'est Flavien, évêque d'Antioche, qui
arrête et fléchit la colère de Théodose; puis c'est
Ambroise, archevêque de Milan, qui inflige au

même prince le châtiment qu'il a encouru, au jugement de l'Eglise, par l'ordre sanglant du massacre de Thessalonique. Tandis que Stilicon, vandale de naissance, et le goth Aétius, deviennent par leur valeur et leur génie sur les champs de bataille, les derniers remparts de l'empire romain, celui-ci, sous Théodose, à la veille de voir sa capitale assiégée par Alaric, se range publiquement sous la loi sacrée de l'orthodoxie et répudie enfin le culte séculaire de ses idoles et de ses faux dieux.

Au moment de la grande invasion, coup sur coup les événements se succèdent ; saint Ambroise rend le dernier soupir, alors que sonne la dernière heure de l'empire d'Occident, pour faire place à la domination des barbares. Saint Jean Chrysostome prend encore le chemin de l'exil, quand les Francs entrent en vainqueurs dans la ville de Trèves, et que les Burgondes s'établissent dans les riches contrées de la Bourgogne. Faut-il rappeler l'entrée dans Carthage de Genséric à la tête des Vandales et l'invasion de l'Orient, par Attila, roi des Huns, qui va camper sous les murs de Constantinople, suivi des Ostrogoths et des Gépides ! Ce sont ces mêmes barbares que Germain d'Auxerre va soumettre au joug de la Croix et gagner à la foi du Christ.

Quels siècles, juste Ciel ! Ce sont encore les siècles des martyrs ! Dix batailles générales et engagées

sous le feu permanent de dix grandes persécutions !
A Autun, saint Symphorien, marchant au martyre, bénit sa mère, qui l'encourage du haut
des murailles. L'esclave Blandine meurt à Lyon
pour la foi. L'esclave Potamienne avec Marcelle, sa
mère, rend en Egypte le même témoignage du
sang. Dirai-je le martyre des sept vierges d'Ancyre
et de Félicité, matrone romaine, mise à mort avec
ses sept fils ? celui de Symphorose, à Tibur, avec
ses sept enfants ? Dois-je rappeler le courage incomparable des quarante martyrs de Sébaste ? A Carthage, c'est Perpétue, jeune mère de vingt ans,
qui voit la couronne descendre sur sa tête et sur
celle de son jeune enfant ; c'est l'esclave Félicité,
qui meurt à la veille de devenir mère. Auprès de
ces nobles femmes, meurent de la même mort saint
Cyprien et saint Polycarpe. A Lyon, l'évêque Po-
thin, âgé de quatre-vingt-dix ans, expire sous la
main du bourreau.

Quelle gloire encore une fois ! mes frères, quels
combats, quelles vertus ! C'est par là que le Christianisme se montre vraiment soutenu par une force
divine et grandit dans sa puissance et son triomphe, loin d'être écrasé par ces douze persécutions
implacables, ni affaibli par les trois schismes que
l'orgueil suscite au sein de l'Eglise romaine, ni
enseveli sous les ruines amoncelées par la main

2

vengeresse des barbares. Les évêques catholiques.
l'histoire le dit à haute voix, ont favorisé dans les
Gaules les invasions des Francs, guidés en cela par
le patriotisme le plus pur, et affranchissant ainsi
le sol natal de la domination anti-chrétienne des
Wisigoths ariens. Ah! croyez-le bien, ces évêques
des Gaules n'étaient pas des barbares ; ils avaient
au contraire, pour vaincre et assouplir la barbarie, deux grandes choses qui n'ont jamais pu
appartenir qu'à des peuples civilisés : des écoles
nombreuses, sanctuaires respectés de la science et des
lettres, et une administration savante, l'administration romaine, dont la forte empreinte est encore
visible à tous les regards.

Tels sont donc les trois grands progrès que la
France doit au génie, à la sainteté et à l'éloquence des évêques catholiques, et au premier
rang parmi eux, de saint Germain d'Auxerre :
le polythéisme détruit, et sur ses ruines, puissant
et fécond, le Christianisme ; la vérité religieuse
vengée des attaques passionnées et heureusement
impuissantes des erreurs propagées sous les noms
d'Arius, de Pélage, de Nestorius et d'Eutychès ;
la liberté enfin rendue aux peuples par les barbares convertis à l'Evangile et qui, après avoir
affranchi les Gaules du joug romain, jettent les
semences fécondes de ces libertés locales et mu-

nicipales qui ont si bien servi à la grandeur et
à la puissance de nos aïeux.

C'est ce que va faire ressortir à vos yeux avec
la plus éclatante évidence, la vie de saint Germain d'Auxerre, patron de cette paroisse.

II.

De grands bruits de guerre, des révoltes univer-
selles et sans cesse renaissantes, les ébranlements
imprimés au monde par les incursions des barbares, comprimaient tous les cœurs, quand le petit
Germain d'Auxerre fut déposé dans son berceau,
par les mains de sa mère (380). Ici, c'est Bo-
niface, qui poussé à la révolte par le général
Aétius, son élève, ouvre l'Afrique aux Vandales
conduits par Genséric. Là, ce sont les villes ter-
rifiées qui s'ensevelissent sous les cendres amoncelées par les torches enflammées des barbares.
Aétius, à son tour, amène dans les Gaules Attila
et les Huns, les Hérules, les Francs, les Sarma-
tes. En même temps, les Suèves, qui forment l'a-
vant-garde des Wisigoths, s'établissent en Espa-
gne; les Goths occupent l'Aquitaine; les Burgondes envahissent la Bourgogne; les Alains entrent

à Valence, et les Francs dictent des lois aux peuples du nord et de l'est de notre pays.

C'est au milieu de ce bouleversement effroyable que les parents de Germain élevaient dans la crainte de Dieu l'enfant qu'il avait accordé à leur tendresse. Rustique, son père, Germanille, sa mère, étaient tous deux de noble race et possesseurs d'une grande fortune. Aussi, rien ne fut négligé, ni la piété, ni la science, ni les bons conseils, ni les touchants exemples, pour orner et élever l'âme et le cœur de l'enfant. Germain répondit d'abord aux espérances de ses parents. Après avoir parcouru avec succès les cours de philosophie et de jurisprudence, il suivit la carrière du barreau. Il aimait d'ailleurs à parler en public, et les applaudissements de ses auditeurs enflammaient son courage en nourrissant sa vanité. *Personne en France*, disent les auteurs de sa Vie, *ne pouvait égaler sa brillante et chaleureuse éloquence.* Toutefois, il aspire à un théâtre plus grand et plus digne de sa renommée. C'est à Rome qu'il va demander la consécration de son talent. Il y gagne bientôt tous les suffrages. On ne pouvait assez louer la grâce de son discours, la sévérité de son jugement, la force de sa dialectique, l'intégrité austère qu'il gardait dans ses plaidoyers. Jamais il ne voulut prêter l'appui de sa parole à la défense des mauvaises causes, et jamais sa fierté native ne descendit à tendre à ses adversaires de ces piéges qui peuvent donner le succès, mais qui ne sauvent pas l'honneur.

Aussi, son crédit dans la ville éternelle fut-il en peu d'années non moins grand que respecté. Cette réputation d'honneur et de talent l'eut bientôt conduit aux plus hautes dignités, et le firent entrer par le mariage, dans une riche et noble famille de la contrée. C'est là que l'attendait la Providence ; car, ayant eu le bonheur de plaire à l'empereur, il fut nommé par lui gouverneur d'Auxerre, son pays natal, réunissant dans ses mains le commandement de la justice et de la guerre.

Toutefois Germain ne s'était pas encore rendu aux premiers coups de la grâce, et continuait de faire marcher de front avec ses fonctions, les plaisirs du monde, les succès de la société et les bruyantes distractions de la chasse. Admirable disposition de Dieu ! cette vie mondaine va faire éclater sa vocation au sacerdoce et à l'apostolat.

La vanité de Germain, ai-je dit, était grande et profitait de toutes les occasions pour se manifester. Elle lui inspira donc l'étrange pensée de suspendre aux branches d'un arbre qui occupait le milieu de la cour de son palais, les têtes des bêtes fauves qu'il avait l'adresse de tuer dans ses chasses quotidiennes. Amateur, évêque d'Auxerre, ne peut voir sans une peine réelle les scandales qui pouvaient résulter de cette ardeur à poursuivre une vaine gloire. En effet, les païens attirés par ces trophées, venaient y prier et adorer. Vainement Amateur sollicite Germain de détruire cet encouragement à l'idolâtrie ; chaque jour, l'intrépide chasseur faisait suspendre ses conquêtes des bois. Amateur tranche la difficulté, et sans consulter le jeune duc, profitant au contraire de son absence, il monte au palais et, sous ses yeux, fait couper l'arbre. Revenu de la chasse, Germain, humilié dans son orgueil et sa vanité, se livre aux transports de la plus vive colère et jure de se venger; il ne savait pas qu'un nouveau coup du saint évêque, éclairé d'en Haut, ne devait pas lui laisser le temps de réaliser ses menaces, et que dans peu de jours, sa vengeance, déposée au pied de l'autel, ne laisserait dans son cœur qu'un seul sentiment, celui de l'amour au service de la foi.

En effet, le vénérable évêque crut recevoir un avertissement de Dieu qui lui annonçait sa mort et lui désignait d'avance le jeune duc d'Auxerre pour son successeur. Amateur se soumet avec joie à la voix descendue du Ciel. Sans hésiter, il va trouver à Autun Jules, le préfet des Gaules, et obtient de lui la permission de faire entrer Germain dans l'ordre sacré des lévites. Revenu à Auxerre, Amateur appelle son peuple à l'église. Germain, sans armes, a suivi la foule, et, confondu dans ses rangs, attend avec impatience l'explication d'une réunion aussi mystérieuse qu'inattendue. Mais à peine les portes furent-elles fermées, l'évêque, *au nom*, dit-il, *de l'autorité sainte dont il est revêtu*, commande au peuple de lui amener Germain, de l'agenouiller devant l'autel pour y recevoir de ses mains la cérémonie de la tonsure. Germain, subjugué par l'ascendant irrésistible de ce vieillard qui parle au nom de l'Eglise, n'oppose aucune résistance et accepte du fond du cœur la nouvelle mission qui lui est imposée.

A quelque temps de là, comme Germain venait de recevoir les grâces et les fonctions du sacerdoce, Amateur, après l'avoir désigné au peuple pour son successeur, rendait le dernier soupir, au chant des anges, gracieuses prémices des miracles qui vont s'accomplir auprès de la couche du pontife mort en odeur de sainteté (418).

Seul, Germain refusait de se rendre aux ordres testamentaires de son Pasteur ; mais les trois États d'Auxerre s'étant assemblés, firent violence à sa modestie, et tout d'une voix l'acclamèrent évêque et successeur d'Amateur. Ah ! voici le triomphe éclatant de la grâce ! Germain qui a renvoyé ses soldats, restés fidèles jusqu'à ce jour à la garde de leur ancien duc, ne paraît plus qu'entouré de savants et vertueux prêtres. A partir de ce moment, sa femme n'est plus pour lui qu'une sœur et se retire dans l'asile d'un couvent, demandant à Dieu dans ses chastes et ferventes prières, ses plus chères bénédictions pour l'époux qu'elle donne à l'Eglise. Dieu a exaucé ces vœux touchants et fait éclater dans Germain la sainte énergie d'un noble cœur *qui dépouille le vieil homme pour revêtir l'homme nouveau.*

Bientôt, en effet, les délicatesses et les aises de la vie ont fait place aux plus dures austérités ; la légèreté mondaine qu'il portait encore dans toute sa personne, à la gravité qui convient seule au caractère sacré de l'évêque ; ses vanités enfin, à l'humble simplicité du plus modeste religieux. Que dirai-je encore ? L'hiver comme l'été, il porte le même vêtement ; un cilice crucifie son corps ; des carreaux juxtaposés et mal joints, voilà son lit ; la haire est son linceul ; la cendre lui tient lieu de matelas ; un sac lui sert de couverture ; il n'a pas d'autre pavillon sur sa tête que le plafond de sa chambre ; les murailles sont ses seuls rideaux, et une pierre sera le chevet où reposera sa tête. Pendant les trente années de son épiscopat, il ne prendra pour se nourrir ni pain, ni liqueur, ni sel, ni vin, pas même de vinaigre. Toute sa nourriture consistera, chaque jour, ou plutôt chaque soir après le coucher du soleil, en un petit pain d'orge qu'il aura moulu et battu lui-

même ; un peu de cendre sera l'étrange assaisonne-
ment de ce repas, qu'il ne se permettra d'ailleurs que
deux fois la semaine. Dur pour lui-même, il sera
jusqu'à sa mort aimable et hospitalier pour ses
frères. Que de fois ne l'a-t-on pas vu laver les pieds
aux pauvres qui frappaient à sa porte, et les servir
gracieusement à table, étant lui-même à jeun ? Car
tel est l'effet sur cette belle âme des plus dures austérités, qu'elles ne font qu'ajouter à la tendresse de
son cœur, et lui procurent le don des larmes qui,
malgré lui, trahissait son tendre amour et son angé-
liq charité. Dans de fréquentes visions qui, rafraî-
chissant son âme, lui renouvellent les ineffables en-
tretiens d'Adam avec son Créateur au jardin d'Eden,
Germain savoure cet avant-goût des voluptés éter-
nelles. Ces délices spirituelles lui sont si douces, si
précieuses que, pour ne pas les interrompre dans la
vie et le commerce habituel des hommes, il se bâtit
un monastère sur les rives opposées de l'Yonne, et
l'érige sous le vocable des SS. Côme et Damien. La
construction de ce monastère, les dépenses consacrées à l'église qu'il destine à recevoir les ossements
des martyrs que des fouilles ordonnées par lui ont
découverts, les aumônes versées dans le sein des pauvres, les secours qu'il prodigue aux maisons hospita-
lières, ses nombreuses charités enfin ont épuisé la
fortune du saint évêque ; il est pauvre et n'a plus

rien conservé que sa vertu, ses miracles et sa sainteté. C'est là, en effet, sa suprême et dernière richesse, et grâce à sa puissance des miracles, il fonde en peu d'années cette magnifique influence qui lui permettra de concilier deux choses qui semblent s'exclure : le gouvernement d'un grand peuple et les longs recueillements de la solitude.

Vous n'attendez pas de moi, bien-aimés frères, et le temps ne me le permettrait point, un récit même abrégé des miracles innombrables opérés par l'intercession de Germain d'Auxerre. Je me contenterai d'en citer un seul que j'emprunte aux Actes de sa canonisation ; par là sera expliquée, justifiée, l'influence que lui avait attirée la sainteté de sa vie.

Un païen nommé Mamertin habitait un petit village des environs d'Auxerre. Une grave indisposition le menaça de la perte de la vue, tandis qu'une tumeur au bras lui rendit impossible l'usage de sa main. Mamertin, fidèle à la religion de ses pères, se dirige vers les idoles, dans l'espoir d'obtenir au pied de leurs autels, la double guérison qu'il désire. Chemin faisant, il rencontre un clerc de Germain, nommé Savin, et lui fait part de son projet. Savin l'en dissuade, lui montre la vanité, l'impuissance des idoles. *Croyez-moi*, lui dit-il, *si vous voulez guérir, allez trouver l'évêque Germain, je vous donne l'assurance que, grâce à lui, à ses prières, vous recouvrerez l'usage de vos yeux et de votre bras.*

Ce langage touche le cœur du pauvre malade ; à l'instant il renonce aux idoles et s'engage à se faire instruire dans la religion chrétienne. Comme il se rendait à Auxerre, un orage éclate et le force, pour s'abriter, à entrer dans un oratoire construit sur le tombeau de saint Corcodème. Là, pendant la nuit, une vision miraculeuse achève l'œuvre première de la grâce, et lui fait connaître la divinité de Notre-Seigneur Jésus-Christ.

Le lendemain, arrivé dans la ville épiscopale, Mamertin demande Germain et le trouve dans son monastère. Le pontife reçoit avec bonté cette brebis que Dieu ramène au bercail ; il l'instruit lui-même sur les vérités de la religion, et le reçoit au sacrement de baptême. Après la cérémonie, Germain fait agenouiller le néophyte, lui frotte avec de l'huile sainte l'œil et le bras malades, et le guérit. Dans sa reconnaissance, Mamertin demande la faveur de rester au monastère. Il y vécut de longues années dans la pratique de la prière et de la pénitence ; il en devint Abbé plus tard, et après sa mort, les miracles opérés sur son tombeau ont décidé l'Eglise à écrire son nom sur les livres des saints.

Ce miracle et tant d'autres que Germain ne sem—

blait faire qu'à regret, tant étaient pressantes les sol-
licitations qui imploraient chaque jour sa puissance.
commandèrent en sa faveur une admiration si
soutenue et si universelle, lui acquirent une influence si réelle et irrésistible, que son nom arrive
entouré d'honneur et de gloire au palais impérial.
Aussi ne fut-on pas étonné que le prince le fît appeler
pour le consulter sur les affaires les plus importan-
tes. Germain, qui jamais n'a résisté à la voix du
devoir, se dirige aussitôt vers la demeure du sou-
verain. Ce voyage, au dire de tous les historiens,
ajoute encore, s'il se peut, à la juste popularité
qui l'accompagne. Au pied des Alpes, comme à
Milan, comme à Verceil, sa charité, ses miracles,
son éloquence lui gagnent tous les cœurs. A son
tribunal viennent volontairement se soumettre les
procès et les différends que son équité termine à
la grande surprise et à la satisfaction des parties.
Dans toutes les villes où il passe, dans les églises
qu'il visite, dans les villages et les bourgs qu'il tra-
verse, il parle, enseigne , car sa vie est une mission
perpétuelle, et tous admirent la force de son éloquence, la grâce de sa diction, la persuasion qui
semble couler de ses lèvres ainsi qu'un ruisseau de
miel, la profondeur de ses sentences, le zèle enfin
qui respire dans tous ses discours simples et accessibles à la foule. De là les conversions multipliées

qui marquent son passage ; il ramène les pécheurs, convertit les infidèles, ébranle l'orgueil des hérétiques, pénètre par le glaive acéré de sa parole dans les cœurs les plus obstinés, éteint les animosités les plus ardentes, déracine la volupté qu'il ensevelit avec les pompes du monde, les danses et les plaisirs du siècle, dans la régularité de la vie chrétienne, et soumise aux graves austérités du saint Evangile.

Tel est l'homme que la Providence a visiblement prédestiné au triomphe de la vérité sur les deux grandes hérésies de son temps, je veux dire le pélagianisme et l'arianisme. Ces erreurs, Germain va les combattre, l'une en Angleterre, l'autre dans son propre diocèse et dans l'Allemagne. Voyez, mes frères, si la puissance satanique de ces horribles doctrines n'exigeait point les efforts successifs d'un Athanase, d'un Augustin et d'un Germain d'Auxerre.

III

Pélage, moine d'Angleterre, avait commencé à répandre ses funestes enseignements avec Célestius, sous les papes Innocent Ier et Zozime. Saint Célestin, saint Augustin, saint Léon, par l'autorité de leurs décisions et la force écrasante de leurs écrits, avaient ruiné heureusement dans l'esprit des peuples l'in-

fluence perverse de l'hérésiarque. Après la mort de
Julien, leur chef, les sectaires condamnés d'abord
à Jérusalem, puis à Carthage et à Ephèse, passè-
rent en Angleterre, où l'audace et la passion de
leurs prédications devaient facilement triompher de
ces hommes simples et incultes. « Peuples, disaient-
» ils, écoutez : le péché d'Adam n'a nui qu'à lui
» seul. La bonté de Dieu ne permet pas de croire
» qu'il se soit transmis aux générations humaines.
» Vous avez tous en naissant, les sublimes priviléges
» que le Créateur, dans sa tendresse, avait si lar-
» gement départis à votre premier père, avant sa
» chute. La mort, croyez-le bien, n'est qu'un ac-
» cident naturel, et nullement le châtiment ni la
» conséquence du péché originel, cette chimère que
» la raison déclare inéconciliable avec la bonté de
» Dieu. Levez-vous, peuples dans votre grandeur
» native, dans votre liberté personnelle, telle que
» J.-C. lui-même est venu vous le rappeler. Armez-
» vous de votre force. C'est la grâce qui vous suf-
» fit ; marchez dans votre puissance et vous ne pé-
» cherez pas. La grâce qui sanctifie et qui sauve,
» vous la portez en vous-même ; elle ne nous vient
» pas d'ailleurs, et il n'en est point d'autre. »

« Non », va leur répondre Germain d'Auxerre, fidèle et sublime écho de la doctrine lumineuse
du grand Augustin, « non, depuis le péché d'Adam

» au jardin d'Eden, l'homme n'a plus en lui-même
» les dons et les grâces surnaturelles qu'il a perdues
» dans la fatale désobéissance de son premier père.
« Depuis cette chute, l'homme a perdu la grâce
» sanctifiante qui ne peut plus désormais que lui
» venir d'en Haut. Il est sujet à la douleur et esclave
» de la mort, cette rançon terrible du péché ; son
» intelligence a été obscurcie et sa volonté profon-
» dément affaiblie. Oui, par sa naissance, l'homme
» est enclin plutôt au mal qu'au bien. Pour se re-
» lever, il lui faut une grâce divine, sans laquelle
» il ne sent pas même sa misère. Eh bien ! en-
» fants du Christ, cette grâce qui purifie, qui éclaire,
» qui fortifie et qui sauve, cette grâce vous arrive
» par la vie, le sang, les souffrances et la mort de
» J.-C., c'est elle que nous vous apportons au nom
» de l'Eglise. Elle n'est pas seulement, comme le
» prétend Pélage, la grâce extérieure de la doctrine
» et des exemples du Verbe fait chair ; elle est plus
» que cela : elle est la grâce intérieure, réelle et vi-
» vante par l'application de son sang, dans les divins
» sacrements. Et ne l'oubliez pas, même avec cette
» grâce, l'homme est si faible qu'il ne peut pas s'af-
» franchir entièrement du péché. Anathème donc,
» anathème à ceux qui enseignent que l'homme peut
» vivre sans pécher ; anathème à ceux qui nient la
» transmission du péché originel ; anathème à ceux

» qui prétendent que la grâce des sacrements n'est
» pas nécessaire ; anathème aux sectaires qui ré-
» duisent la grâce à la liberté humaine : anathème,
» anathème ! »

Ah ! il était temps que ces foudroyantes réponses
se fissent entendre. Les peuples de la Grande-Bretagne adressaient de vives prières au clergé des
Gaules et réclamaient, pour obtenir des mission-
naires, la souveraine intervention du pape Célestin
I**. Touché de la détresse des habitants de cette Ile,
qui méritera un jour le glorieux surnom d'*Ile des
saints*, le pape leur envoie le diacre Pallade, plus
tard évêque d'Ecosse , et Patrice qui sera évêque
d'Irlande. Pallade a vu l'étendue et la profondeur
du mal, à son tour il s'adresse aux évêques des Gaules : *Sans vous*, dit-il, *mon courage impuissant ne
pourra ni combattre ni conjurer le fléau.* Alors,
tout d'une voix l'assemblée des évêques réunis par
les soins de Prosper d'Aquitaine, disciple de saint
Augustin, décide que Germain d'Auxerre et le jeune
évêque Loup de Troyes, vont porter la lumière de la
vérité aux peuples de l'Angleterre. Allez, saints
évêques, allez, dans votre sublime apostolat : mon-
trez à ces enfants de la Grande-Bretagne, la grandeur et la divinité du Catholicisme ; faites briller
à leurs yeux la beauté de ses mystères, la sainteté
de ses sacrements, la grâce incomparable des ver-

tus qu'ils enfantent. Faites bénir en vous l'Episcopat français, le sacerdoce français ; Dieu sanctifiera
vos efforts, imprimera profondément sur cette terre
remuée par les passions et agitée par les erreurs, la
trace ineffaçable de vos pas. Un jour, après bien des
siècles écoulés, lorsque chassés par la persécution
révolutionnaire, vos successeurs sur les siéges de
Troyes, d'Autun, d'Auxerre, de Poitiers. d'Orléans,
iront demander à cette Ile hospitalière un toit pour
y prier Dieu, les Anglais se diront : « Nos ancê-
» tres ont acclamé autrefois la venue bienheureuse
» des évêques des Gaules. Eh bien ! ces pontifes de
» 1793, par leurs vertus, leur résignation et leur
» foi, nous commandent le même respect, nous ar-
» rachent la même estime. »

Nos deux évêques ont pris le bâton de pèlerin,
et les voici sur la route de Paris. A Nanterre, ô divine Providence ! Germain, au milieu de la foule
agenouillée qui lui demande de la bénir, découvre
une jeune fille qui semble porter sur son angélique
visage, les signes visibles d'une mystérieuse pré-
destination. Germain, avec ce regard de prophète
qui scrute les cœurs, a deviné Geneviève ; il salue
dans cet ange, la vierge pure qui sera la libéra-
trice de sa nation, la consolatrice du peuple au
temps de la famine et de la guerre, la thaumaturge
dont les miracles appuieront la foi, l'apôtre enfin

3

qui, avec la reine Clotilde, aura l'honneur de décider la conversion de Clovis et d'asseoir ainsi la base
séculaire de la plus illustre monarchie chrétienne.

L'âme remplie de ce doux pressentiment, Germain s'embarque pour l'Angleterre par un temps de
rude hiver. Comme le divin Maître, il commande aux
flots et apaise la tempête. Sur le rivage, une multi-
tude avide s'empresse autour des saints envoyés ;
mais Germain fuit les honneurs de ces ovations populaires et s'enfonce dans un désert pour s'y prépa-
rer, dans la prière et les austérités, aux travaux de
son apostolat. Enfin, il parcourt les villes et les
campagnes ; tout ensemble thaumaturge et apôtre,
il prêche et fait des miracles. Tout à coup, on
annonce une invasion des Pictes et des Saxons, ces
ravageurs de l'Ile, en attendant qu'ils en deviennent
les conquérants. Germain se rappelle sa première
profession des armes ; c'est lui qui organise l'armée
pour la défense, fait tracer le camp et conduit ses
soldats ainsi disciplinés au-devant de l'ennemi.
Quand apparaissent les Saxons, dans une vallée pro-
fonde, entre deux hautes montagnes, Germain crie
trois fois *Alleluia ;* sa troupe répète *Alleluia ;* les
échos des montagnes se renvoient en le grossissant
ce cri formidable ; et sans coup férir, les Bretons
restent maîtres du champ de bataille et des bagages
abandonnés par les Saxons éperdus, et qui, dans leur

panique, vont se noyer la plupart, dans une petite ri-
vière qui les arrête dans leur fuite. Après les Saxons,
ce sont les sectaires qu'il faut désarmer et vaincre.
C'est à Vérulam, dans une conférence à jamais restée
célèbre, que l'illustre évêque réduit au silence les
disciples de Pélage, et remporte en faveur de la vérité
une victoire tellement décisive, qu'il peut en toute
confiance revenir dans sa chère patrie et se donner
de nouveau tout entier à son bien-aimé troupeau.

Hélas ! son troupeau, Germain le trouve à son retour lourdement écrasé d'impôts. Ah ! le cœur du
pasteur est brisé de douleur, et sans se donner le
temps de se reposer des fatigues de son laborieux
voyage, il a hâte de porter la cause de son peuple
devant le préfet des Gaules. Avant d'arriver à Arles,
il s'arrête à Angoulême, à Tonnerre, à Brioude, et
comme toujours, achève les conversions commencées
par la prédication, en faisant éclater la puissance du
miracle. A Arles, il s'entretient avec Hilaire, si digne
de le comprendre, et tous deux se rendent auprès
du préfet, Auxiliaris. Que vous dirai-je ? La ville
tout entière est debout pour acclamer le saint évêque,
et, ce qui ajoute à son triomphe, Auxiliaris va lui-
même au-devant de l'homme de Dieu, lui rend publiquement des hommages inaccoutumés, et s'écrie
après l'avoir vu : *En vérité, la renommée de Germain est bien grande ; Germain est plus grand en-*

core ! A sa prière, Germain obtient du Ciel la guérison de sa femme, et celle-ci profite de son retour
inespéré à la santé pour exiger de son mari la dimi-
nution immédiate des impôts excessifs qui pesaient
cruellement sur le peuple d'Auxerre.

A Auxerre, les transports de la reconnaissance
n'eurent plus de bornes ; on suivit avec une persévé-
rance empressée les prédications du pontife libéra-
teur; on travailla avec une véritable ardeur à faire
refleurir sous ses regards la pureté des mœurs, les
charmes de la vie chrétienne et les douceurs insé-
parables de la charité. Ah ! comme l'Eglise, dans
ces belles années, était hautement glorifiée et coura-
geusement défendue ! Quelle noble phalange de pontifes et de saints enrôlés sous sa radieuse bannière !
A peine pourrais-je vous les nommer : c'est saint
Loup, évêque de Troyes, saint Aubin de Verceil,
saint Honorat, la gloire de Lérins ; saint Hilaire
d'Arles, à la parole ardente et enflammée ; saint Aignan, la force et le boulevard d'Orléans ; saint Prosper, qui écrit son poëme contre les ennemis de la
grâce; puis Cassien qui, à Marseille, publie ses livres
sur l'Incarnation ; c'est Salvien dont nous avons
parlé, le Jérémie de son siècle ; saint Vincent de Lérins, dont la plume nous a laissé l'admirable *Mémo-
rial*. Je ne puis qu'indiquer encore saint Eucher de
Léon, dans sa solitude de l'île Marguerite, aussi élo-

quent, aussi pur dans sa diction qu'un disciple de Platon ; saint Paulin, évêque de Nole ; saint Orient, évêque d'Auch, qui à la gloire du poëte unit la gloire plus touchante et plus solide de la charité, en réconciliant à Toulouse Aétius et Théodoric. Quels contemporains encore que ces saint Cyrille d'Alexandrie, saint Proclus, évêque de Constantinople ; saint Isidore de Péluse, saint Patrice, évêque d'Irlande ; et, les dominant tous de la triple majesté du pouvoir, du génie et de la sainteté, saint Léon le Grand, l'illustre pontife de cette heure à jamais solennelle du monde.

Un cri discordant, parti de la Grande-Bretagne, vient encore une fois troubler ce magnifique concert. Privés de la présence de Germain, ces peuples sont de nouveau menacés de perdre, sous les coups réitérés des disciples de Pélage, le précieux trésor de la foi et de la vérité. Ils poussent un cri de détresse qui est entendu à Auxerre ; Germain ira une seconde fois en Angleterre. Saint Loup, son premier compagnon, était mort ; à sa place, l'assemblée des évêques lui adjoint Sévère, naguère nommé à l'évêché de Trèves. En passant à Paris, Germain est surpris des clameurs qui s'élèvent d'une manière formidable contre la sainteté, les vertus et l'héroïsme de Geneviève. Germain, qu'une puissance surnaturelle et prophétique avait éclairé sur

l'avenir glorieux et providentiel de la vierge de
Nanterre, comprend de même et saisit l'innocence
de la jeune fille, la passion envieuse et jalouse de
ses détracteurs. Mais il est là, il parle, sa parole
éclaire, confond et triomphe. Pacifique et rapide
victoire qui semble lui promettre de plus éclatants
succès dans la Grande-Bretagne.

Germain et Sévère ne tardèrent pas à en faire
l'expérience. Ils n'ont tous deux qu'à se montrer, et
leurs miracles, leurs discours dissipent aussitôt les
nuages de l'erreur. C'en est fait, Pélage est vaincu.
Mais cette victoire, il faut cette fois la rendre du-
rable et empêcher, par de fortes institutions, tout
retour possible aux tyranniques exigences de l'erreur. Germain qui, dans le cours de son épiscopat,
avait imprimé, dans les Gaules, une heureuse
impulsion aux écoles et aux fondations de mo-
nastères, avait pressenti que bientôt toute la
force et la puissance du Christianisme sortiraient
de ces asiles sanctifiés par l'étude, la pénitence
et la prière. Voilà ce qui a sauvé la France,
voilà ce que Germain apporte à l'Angleterre. En
peu de mois, dans divers comtés, il a fondé
de nombreuses écoles, plusieurs séminaires et un
grand nombre de ces établissements dont la gloire
et la prospérité, traversant les âges, n'ont jamais été
surpassés. Ah! superbe nation de l'Angleterre, tu

peux étaler avec orgueil la puissance de ton commerce et de ton industrie; tu peux promener. sur les flots immenses des Océans, tes navires guidés par les mains de ta courageuse marine; tu as une gloire plus resplendissante encore : tu as célébré pendant de longs siècles la divine vérité du Catholicisme; dans ton île verdoyante tu as vu fleurir les vertus sublimes de tes saints. Puisses-tu ne jamais l'oublier! Puisses-tu revenir à ces saintes traditions ! Cette foi qui procure la palme du martyre ; ces vertus qui font les élus de Dieu, tu les dois à Rome et à ses pontifes, à la France et à ses évêques !

Mais si le pélagianisme est à jamais vaincu, l'arianisme a relevé la tête ; il anime la fureur des barbares et des Allemands, et c'est lui que Germain va rencontrer dans la personne du roi Eocaric, en débarquant sur les côtes de notre ancienne Armorique.

Arius, vous le savez, mes frères, avait rejeté la génération éternelle du Verbe. Sa doctrine, par la négation de la divinité de Notre-Seigneur Jésus-Christ, ruinait par sa base, l'édifice sacré de la religion chrétienne. La voix de l'audacieux sectaire fut assez puissante pour ébranler les consciences, corrompre les cœurs, égarer les âmes au point, dit saint Jérôme, que *l'univers gémit et s'étonna*

d'être arien. Toutefois ce funeste triomphe ne devait pas durer ; ses progrès furent arrêtés par trois
grands évêques suscités de Dieu ; le profond et
grave Basile le Grand, le vif et classique Grégoire
de Nazianze, le populaire et théologien Grégoire de
Nysse. Mais le plus terrible de ses adversaires fut
Athanase, patriarche d'Alexandrie, et qui, n'étant
encore que diacre, inspira de sa foi, de sa constance et de sa charité le concile de Nicée, où fut
anathématisée la doctrine sacrilége.

Plut tard, Théodore le Grand, convaincu par
l'éloquente parole de Grégoire de Nazianze, pro-
mulgua la loi qui reconnaissait les décrets du concile. Ce noble et fier langage de l'Orient fut égale-
ment tenu par l'Occident. Successivement, saint Mar-
tin de Tours, saint Hilaire de Poitiers, saint Ambroise,
archevêque de Milan, le pape Damase, dans la durée
de plusieurs siècles, réussirent à faire triompher
la foi à la divinité du Christ, et l'arianisme vaincu
n'eut plus d'autre refuge que dans les armées des
barbares, chez les Vandales qui infestaient l'Afrique, chez les Goths, qui le communiquèrent aux
Burgondes, chez les Lombards enfin, d'où il sembla
menacer d'un côté l'Italie, de l'autre les Gaules.
Germain d'Auxerre, en attendant Clovis, porta les
premiers coups. L'occasion, comme nous venons
de le dire, se présenta au saint évêque au mo-

ment même où il abordait au rivage de l'Armorique. Ces peuples, en effet, s'étaient attiré le courroux d'Aétius, général romain, par une révolte qui tendait à les soustraire à la domination de l'empire. Aétius charge de les punir Eocaric, roi des Allemands, prince féroce et idolâtre, un de ces barbares enfin qui, sans la comprendre, se montrent disposés à servir et à étendre de leur épée, l'hérésie arienne.

Germain, que les Bretons ont conjuré d'intercéder en leur faveur, va aussitôt à la rencontre du royal lieutenant d'Aétius. Il prie, il conjure pour ce pauvre peuple, moins coupable, dit-il, que faible et égaré : *Soyez clément, et vous les gagnerez sûrement au prince par les charmes irrésistibles de cette magnanime vertu.* Eocaric repousse le suppliant, et d'un geste de la main, donne le signal de marcher en avant. Alors Germain, qui n'écoute que son zèle, prend vigoureusement la bride du cheval, arrète malgré lui le roi barbare, et avec l'ascendant qui lui vient d'en Haut, lui ordonne et lui arrache le pardon et la miséricorde. Eocaric surpris de cette grandeur imposante du pontife de Jésus-Christ, dominé par cette majesté qui commande à son âme, écoute les propositions de paix : *Je pardonne*, dit-il, *si l'empereur ratifie la sentence.*

Cette victoire d'un évêque catholique sur un prince
arien se répand et vole sur toutes les bouches ; elle
apparaît comme le signal providentiel donné par
Dieu lui-même, pour assurer désormais dans les
Gaules et dans les pays allemands, la domination dé-
finitive du Catholicisme sur l'arianisme, et la foi à la
divinité de N. S. J.-C., universellement reconnue
et proclamée par les nations.

Mais il faut achever l'œuvre de pacification si bien
commencée dans l'Armorique, et obtenir de l'empereur le consentement qui doit consacrer la sécurité
et le bonheur de ces peuples. Germain sort donc
une dernière fois de sa chère ville d'Auxerre, pour
prendre la route de Ravenne, alors résidence de la
cour impériale. Que vous dirai-je ? mes frères, vous
connaissez maintenant les voyages de notre saint.
Les dernières journées de la vie du grand évêque
sont marquées par des miracles si nombreux, si im-
posants, que sa marche à travers les villes et les campagnes est un long triomphe. A Alise, à Autun, à
Milan, il excite les acclamations des peuples terrassés
d'admiration, on peut le dire, à la vue des œuvres
du pontife thaumaturge. Ravenne couronne tant de
gloire par de nouvelles ovations qui surpassent ce
que la reconnaissance publique semblait pouvoir in-
venter. Saint Pierre Chrysologue le reçoit avec larmes ; Placidie, mère de l'empereur, lui envoie des

présents, et l'empereur lui-même se hâte de signer l'acte pacificateur accordé à l'Armorique. Six évêques, auxquels se joignent les grands de la cour, se font honneur d'accompagner l'illustre pontife qui, chaque jour, par ses miracles, ses prières, ses austérités et ses prédications, ramène les pécheurs et agrandit dans les âmes l'empire radieux de N. S. J.-C.

Sa tâche est finie ; il a combattu les grands combats du Seigneur ; l'heure de la récompense est venue ; il le sait et l'annonce d'avance. Avant de mourir, ce pontife, ainsi qu'un bon père, demande comme unique et dernière faveur, que son corps soit porté à Auxerre, pour y reposer au milieu de ses enfants! Ce sont ses dernières paroles; il rend à Dieu sa belle âme, après trente années d'épiscopat consacrées aux travaux de la pénitence, de l'apostolat et de la charité (448).

Mais quoi! Est-ce un deuil ou une fête? Quel spectacle frappe tous les regards? Que veut dire cette longue suite de voitures parées des plus riches ornements? Quel grand de la terre s'avance entouré d'un magnifique cortége de cavaliers? Quelle foule se précipite autour du triomphateur? Quel mobile puissant fait accourir des pays les plus éloignés, tous ces peuples avides de voir et de contempler? Ah ! ce sont les funérailles de Germain d'Auxerre ! Ce corps qui passe, c'est le précieux corps du grand évêque, que l'empereur, les grands, les petits, tous, tous entourent des honneurs les plus magnifiques ! C'est la grande famille chrétienne tout entière qui, depuis les glaces de l'Irlande jusqu'aux frontières les plus lointaines du midi, tressaille et s'émeut à la nouvelle lamentable de la mort de Germain d'Auxerre. Ainsi s'avance, pendant quarante jours, de Ravenne à Auxerre, le convoi de celui que l'on pleure comme un père. Au pied des Alpes, Saturnin, qui, en son absence, gouvernait son diocèse, reçoit à la tête du clergé les chères dépouilles, et les conduit à l'église Saint-Maurice, que l'illustre défunt avait désignée pour sa sépulture.

C'est là que la reine Clotilde fera bientôt bâtir le célèbre monastère de Saint-Germain d'Auxerre, l'un des plus glorieux sanctuaires du monde catholique, tant fut grand le nombre des saints et savants personnages qu'il a produits. Un peu après, Clotaire Ier, fils de Clotilde, et son épouse Ingonde ajoutèrent encore à la magnificence du précieux tombeau.

Quelques siècles après, Charles le Chauve, fils de Louis le Débonnaire, se préparant à la guerre contre son frère Louis roi de Germanie, vint s'agenouiller sur la pierre sépulcrale, fit ouvrir le monument, contempla le corps du saint et, avant de fermer la pierre, fit embaumer de nouveau et envelopper des plus riches étoffes, ces saintes dépouilles qui parlaient si éloquemment à son cœur.

Les calvinistes, au seizième siècle, ont souillé la châsse et les reliques du saint. Mais Dieu veillait sur la chère sépulture, et un catholique put heureusement en soustraire une partie et la conserver à la fidélité des habitants d'Auxerre.

Depuis lors, ces saintes reliques du glorieux évêque, que l'Eglise, un peu après sa mort, avait placées sur ses autels, n'ont pas cessé de recevoir les hommages et les témoignages empressés des populations fidèles et reconnaissantes.

Paris enfin, qui plusieurs fois eut le bonheur de le recevoir dans ses murs, Paris a élevé à la gloire du saint cette admirable basilique, l'une des plus anciennes et des plus imposantes de la capitale (1). Et aujourd'hui, comme dans les temps écoulés, comme à Auxerre, la population parisienne a inondé les portiques de ce magnifique sanctuaire, et s'est empressée de déposer au pied de l'autel consacré à la gloire du grand saint, le tribut filial et patriotique de ses vœux, de ses larmes et de ses prières.

Germain, notre Patron, saint Pontife, la gloire de l'Eglise et l'orgueil de la France, protégez du haut

(1) L'église Saint-Germain l'Auxerrois, à Paris.

des cieux cet Episcopat catholique dont vous avez été l'un des plus dignes ornements; bénissez cette terre des Gaules, témoin autrefois de vos travaux et de vos vertus; bénissez le pasteur de ce troupeau, qui rappelle à tous votre zèle et votre généreuse hospitalité (1); bénissez les brebis confiées à sa paternelle sollicitude; bénissez-nous, grand saint, bénissez-nous sur cette terre d'exil, et obtenez du divin Maître, qu'après l'avoir servi comme vous ici-bas, comme vous nous soyons un jour admis à le chanter éternellement dans les cieux! Ainsi soit-il.

1) M. l'abbé Legrand, curé de Saint-Germain-l'Auxerrois.

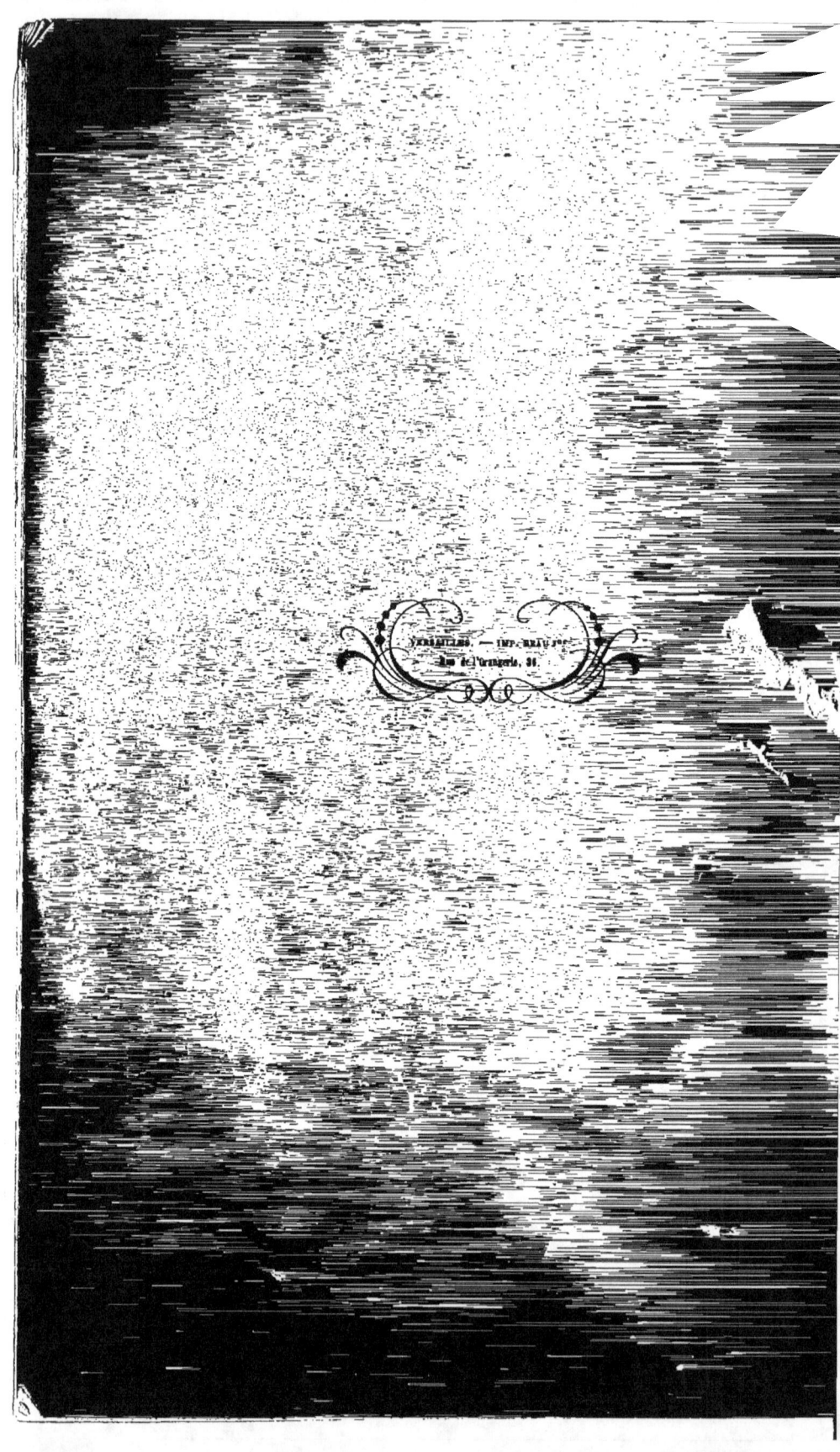

VERSAILLES. — IMP. BRAI, rue
Rue de l'Orangerie, 36.

www.ingramcontent.com/pod-product-compliance
Lightning Source LLC
Chambersburg PA
CBHW061708180626
46818CB00003B/1306